KB199605

문학과지성 시인선 150

슬픈 게이

채호기 시집

문학과지성사에서 펴낸 채호기의 시집

지독한 사랑(1992)
밤의 공중전화(1997)
수련(2002)
손가락이 뜨겁다(2009)
레슬링 질 수밖에 없는(2014)

문학과지성 시인선 150
슬픈 게이

초판 1쇄 발행 1994년 12월 23일
초판 7쇄 발행 2021년 3월 3일

지 은 이 채호기
펴 낸 이 이광호
펴 낸 곳 ㈜문학과지성사
등록번호 제1993-000098호
주   소 04034 서울 마포구 잔다리로7길 18(서교동 377-20)
전   화 02)338-7224
팩   스 02)323-4180(편집) 02)338-7221(영업)
전자우편 moonji@moonji.com
홈페이지 www.moonji.com

ISBN 89-320-0715-2 02810

문학과지성 시인선 150

슬픈 게이

채호기

1994

自　序

　잘못 든 길. 하지만 항상 잘못 든 길 위
에서　삶은　시작된다고……　발가락　끝에서
막막함이　중얼거린다.　이곳은　너무　좁다.
숲은 어둡고 나뭇잎 사이로 번쩍거리는 하
늘의 구멍들이 깊다.

1994년 12월
채　　호　　기

슬픈 게이

차 례

▨ 自 序

겨울 나그네

네가 떠난 자리
마른 풀들만 남고
초겨울 햇빛이 잠시 머문다.

나는 그 자리에
추운 등을 누인다.

나무를 건드렸나
후드득 날아가는 새.

너의 눈엔 내가 어떻게 보이니
발 디딜 곳 없는
까마득한 곳에서.

너처럼 캄캄한 세상을

너의 몸이 지상에서 사라져버린 날.
없는 너를 보는
이 지상에 남은 눈이여!

내 눈이 바라보는 풍경은
발 앞에 덫이 되고
수십 길 벼랑이 되고
가 닿을 곳 없는 눈길이 스쳐지나는 데마다
괴로움은 쇠녹처럼 슬어가는데⋯⋯

너의 몸이 지상에서 사라져버린 날.
내 눈이 바라보는 이 지상의 모든 것
네 몸이니, 아!

이미, 네 몸 안에 깊이 들어와 있었단 말인가.
죽어버린 고목에서 싱싱해지는 버섯처럼
썩어가는 살점에서 화려해지는 곰팡이처럼.

너의 몸이 지상에서 사라져버린 날.
널 못 보는 내 눈도 사라졌으니

너처럼 캄캄한 세상을
눈 없는 몸으로 더듬으며 살아가야지.

너의 죽음을 내 남은 삶처럼
너의 남은 삶을 내 죽음처럼.

너는 내 눈동자를 갖고 어디로 갔니

하늘 아득히 사라지는
숲의 길 위에서
내가 놓쳐버린 모습은 뭐니?

　　　　　통증도 없이 흘러내리는 눈동자
　　　마지막 끊어질 핏줄에 대롱거리는 눈동자

너는 내 눈동자를 갖고 어디로 갔니
길 끝으로 사라지는 너의 모습 보이지 않으니

　　　　　통증도 없이 흘러내리는 눈동자
　　　마지막 끊어질 핏줄에 대롱거리는 눈동자

여린 풀들이 발을 걸고
꽃과 잎의 싱싱한 가지들
갑작스럽게 살을 찢어
갈 곳 모르는 이 몸

무엇이 너를 숨겼니?
갈라터진 내 몸의 상처 사이로

보이니? 너의 모습
없는 내 눈들아!

두 눈이 없어도 세상은,
세상 한 켠에 또 너는 있을지니
막막한 어둠이여
지금 이곳이 까마득한 벼랑이 아니길

너의 죽음은 나였으니

내 두 눈을 퍼내고
그곳에 너를 묻네.

남은 내 생애
눈멀어
휘어져 날아
떨어지는 곳 어디?

이곳에 그래도
곁눈질할
날들 있다면
그 누구의 속눈썹도 아닌
가시 창살 속
너를 위해.

너의 죽음은 나였으니
눈먼 내 몸이 할 수 있는 건
그 누구도 볼 수 없는
죽음 건너 너의 몸.

내 눈물샘에 고단한
너의 발을 담그네.

두 눈

황혼이 내 눈을 던져버리네.
멀리, 유리창에 명멸하는 추억을 향해
두 눈, 화살처럼 날아가서 박혀버렸네.

널 볼 수 없는 난 소경.
거리는 빠르게 움직이고, 환한 저녁에
목련 피어 더욱 밝은데
네가 보이지 않는 것이 난 두렵네.

눈물샘이 마르고 아주 느리게
오래 전에 흘린 피처럼 동공이
딱딱하게 말라붙어가네.

너를 볼 수 없는 두 눈 대신
길고 긴 혓바닥이, 무슨 상처인 양
가슴의 억만 솜털을 傷心의 억만 주름을
핥고 핥으며 더듬어가네.

밤

밤은 바라볼 수 없다.
밤의 바깥은 없다.
밤은 밤일 뿐
밤 안으로 아무것도 들어갈 수 없고
밤 안에는 그 무엇도 있을 수 없다.

浮 浪

1

이승과 저승을 가로지르는 틈으로 지하철이 비집고 들어올 때 건너편의 당신 몸이 가라앉는 것을 보았네.

어둠의 터널을 달려온 긴 쇳덩어리가 내 눈앞에 잠시 머무르는 동안 그대 대신 그 자리에 하나의 무덤을 보았네.

그대가 내 앞에서
수십 톤의 철괴물이 앞을 가린
숨을 내뱉는 가슴의 미세한 떨림이 선명히 보이는 너무나 가까운 거리에서
이승의 문을 닫고 사라지기 직전의 모습
——홀깃 사랑의 정체를 보아버린 그 눈과 온몸의 떨림을 받아내는 머리칼의 흐느낌,
주저앉을 듯한 두 다리,
연약함을 감추고 있는 치마가 강한 바람을 받으며 지르는 마지막 말이 혼탁한 굉음에서 살아나지 못하는——
그것을 바라보고만 있을 수 있다니 삶은 얼마나 가혹한 것인가.

머리에 플래시가 터지고
동공의 초점이 열렸다 닫히는
그 순간
뜨거운 火印의 말 찍혀졌네.
내 살 속에
오늘의 내가 생기기도 전인 그 과거로부터 없어진 건
지 기억도 못 할 먼 미래에까지.

2

나의 남은 삶 위에 그대를 펼치리.
그대의 남은 삶을 연장하도록
그대가 되어
내 나머지 삶은 없는 것으로 하리.
실패할 때마다 내 몸의 한 부분을 잘라버리며
불구로 이 세상 모든 삶들을 浮浪하리.

트럼펫

늪

나는 늪에 빠졌어요.
측은한 표정 짓지 마세요.
날 건지려고도 하지 마세요.
나는 늪이 될 겁니다.

쐐 기

딱딱한 얼음에 얼음송곳 꽂듯
쐐기를 박으면
나는 깨어지지.
삶은, 언제나 그렇듯, 손쉬운 게 아냐.
무엇이 찔러도 유연하게 물러나
제 갈 길 가는
삶은 흐르는 강이 아냐.
꽂힌 것이 뽑혀도
아무 일 없었던 듯
제 살 길 찾는
삶은 물 같은 게 아냐.
쐐기 뽑힌 자리
허망하게 입 벌린 구멍이 삶이라면

그걸 틀어막는 것도 삶이고
그래도 새어나오는 상처
그것도 삶이지.

술

술이 마셔버려
나는 없어요
이 자리에
가랑이 끝 불꽃 피기 직전의
알코올꽃
치마끈 댕겨 확
불싸질러버릴까요
술의 급류에 나는
떠내려가고, 먼 바닥으로
남은 슬픔 한 가닥
지난날의 핏자국 지워진
슬픔 한 몸
가득해요 이 자리에

전 화

지난밤 오리무중에
쓸쓸한 광란에
나를 잃어버렸어요.
찾지 않겠어요.
가볍게 지워버리지요, 뭐.
날 찾는 당신 목소리
전화 케이블에 불붙어 타 들어오지만요.
애초에 없었던 걸로 하죠, 뭐.
내 텅 빈 몸을 왕왕 울리는
당신 목소리
흉곽에 자꾸자꾸
부딪히지만요.

밤의 끝

부딪칠 듯 거세게 달려드는
아스팔트를 달려 너에게로 간다.
속도가 내지르는 비명이 소용돌이치고
길바닥의 뾰족한 것들이
부풀어오른 타이어를 사정없이 찔러댄다.
헤드라이트 불빛에 죽음의 송곳니가 번득이고
자동차보다 더 빠르게 심장이 뛰어간다.

밤의 끝까지 쫓아갔는데도
너는 없고
삶의 극단에 있는 너.
절정에 올라버린 시든 페니스처럼
내 삶의 시동은 꺼져간다.

우리는 슬프다

우린 슬프다. 술 취한 밤 하늘을 날아
나는 너에게로 간다. 가는 척한다.
무선 전화 전파를 신고 공중을 저벅저벅 걸어간다.
네가 나에게 "잘 지냈어?" 하면
"사랑해"였는데, "별일 없어" 하면서
서로의 가슴에 재를 뿌린다.
그리고 서로 할퀸다. 좀더 깊이 상처를 내면서,
상처가 아물기까지라도 기억해달라고.
"가족을 버려!"라고 정색하지 않는다.
삶을 버리랄까봐. 낮에는 각자 일한다.
일로 얼굴 가리고 낄낄댄다.
밤에는 집에 가서 마누라와 애들 앞에
목소리를 깔고 그 위에 앉아 소리없이 말한다.
술 취한 밤. 택시는 잡히지 않고
인적 없는 거리에서 비틀대다 제 그림자를 밟았을 때
그림자의 핏발선 눈초리에 가슴을 쥐어뜯겼을 때
우리는 각자 수화기를 들고 욕설을 주고받는다.
제 탓할 힘이 없어질 때까지
고래고래 고함지른다. 축 늘어져 마른걸레처럼
싱겁게 빳빳해져 집으로 간다.

그게 우리들 사랑이냐?

삶이냐? 고

골목 어둠 귀에는 들리지 않게 낮게 중얼거려본다.

생각해보면 너는 내 그림자 속에만 사는데

니가 내 애인이냐?

검은 그림자가 개같이 어슬렁어슬렁 앞서간다.

질주하는 길 위에서

저 길 돌아 어디로 가니
가슴에서 터져나오는 불빛 가는 곳
그곳에 닿기 위해 가니

끝없이 앞서 달리는 가슴라이트
죽음은 정지가 아냐
궤도를 이탈해버린 무한 속도야

어질머리 질주, 알코올에
속도에 취해버린 질주
갑자기 나타나는 저건?
너의 자취
늘 나를 앞질러가는
너의 盲目의 사랑

불빛에 드러난
쏜살같은 너를 밟고 간다 달린다
휴식 없는 너에게로의 여정

더 빠른 추적을 위해

나를 버린다
팽개쳐지는 오 내 팔들이여
날아가는 머리카락들이여
던져지는 발가락들이여
너희들에게 달고 짙은 휴식 있기를

오 앞서가는 너여
정지를 모르는 속도여

환한 대낮에

저 푸른 바다가 너를 낳았네
대낮, 황금의 모래들이 허공을 뒤덮고 있는
고요한 대낮, 부서지는 거품이 네가 되어
걸어왔네, 2층의 층계참으로부터
아무것도 입지 않은 네가 하얀 벽으로부터 튀어나오
듯이
어디선가 깊은 지하에서 울려나오듯
파이프오르간 소리가 굴러다니는 대낮
층계를 내딛는 하얀 발과 네 존재의 무게를 지탱하려
동그랗게 오므리고 있는 발가락들
뒤로 한 가닥 묶은 머리 한 올이
갓 태어난 장미 가시처럼 이마에 흐르고
너의 넘치는 심장을 덮고 있는 둥근 젖가슴은
격정을 이기지 못해 두 송이 검붉은 열매를 익혔구나
현기증 나게 밝은 대낮, 세상은 너무 밝아
모든 사물들이 하얗게 탈색해가고
공기는 점점 희박해져 투명해지는구나
너의 창백하도록 흰 살결은 어디 가고
저렇게 하얀 벽만, 굴곡도 없이 평평한 벽만이
예전처럼 아무런 대답 없이 있다네

다만 너의 허벅지 사이 검은 거웃만이
네가 분명히 있었다는 사실을 증명하려는 듯
검은 얼룩으로 남아 떠돌며,
두 눈으로 빨려들며 눈동자를 더욱 어둡게 하는구나
닻을 잃어버린 집은 둥둥 떠다니며 요동 치고
내 발은 세찬 물결에 휩쓸리는 배처럼 출렁거리며
창가에서 무서운 해일이 일고 있는 정원을 바라보네
환한 대낮, 갑자기 엄습한 네 사랑 때문에
나는 내 삶의 항구를 잃어버렸네

차창 유리

내 삶은 길을 잃고
물 속에 잠긴다.

죽음이 새어들 듯
틈새기로 물이 차오른다.

이제 후회는 늦어.
절망이 숨구멍을 틀어막고
앞 창유리로 둥둥
오물처럼 떠다니는
살아온 날들.
물고기의 큰 눈이
차창 유리에 닿아
나의 죽음을 바라본다.
너는 가고 없다.
삶을 견딜 수 없을 만큼
너는 너무 멀리 가버렸다.
하지만 살고 싶다!
이제 후회는 늦어.

빈 컵에 물이 채워지듯
차 안에 서서히
물이 채워진다.
아주 천천히
뒤꿈치를 들고 살금살금
죽음이 찾아온다.

마음은 태연한데
허겁지겁 차창을 두드리고
손톱으로 마구 긁어내린다.
악쓰고 물먹는 몸부림을
누가 물고기처럼 물끄러미 쳐다본다.
살고 싶다!
이젠 늦었겠지만.

버 스

늘 있던 자리에서 누가 나를 여기에 옮겨다 심었다. 누군가 네 스스로 오지 않았냐고 하지만 그건 도저히 알 수 없는 일이다. 이곳의 집들은 처음 보는 양식의 지붕을 하고 있다. 사람들은 뒷모습만 보이고 입을 열어 말을 하지 않는다. 낮과 밤이 없고 언제나 저녁 어스름이다. 내게는 이곳이 중요하지 않다. 있던 자리로 돌아가는 것만이 문제다. 나를 태울 버스가 저만치 꽁무니가 보이는데 무수한 사람들에 부딪혀 다가갈 수가 없다. 간신히 다가가도 타기도 전에 버스는 떠나버린다. 언젠가는 너무 지쳐서 내가 왜 있던 자리로 돌아가야 하는가를 골똘히 생각하기도 했다. 지금은 옥외 비상 계단에 있다. 저 아래 조그맣게 보이는 버스가 나를 태우고 갈 버스다. 계단은 몹시 가파르고 피 같은 붉은 녹 덩이를 흘리며 내 무게를 간신히 지탱한다. 이러다가 허방을 딛듯 다른 곳으로 빨려들어가 불쑥 다른 것으로 태어날 것 같기도 하다.

나의 죽음

나무 속으로 들어가네.
거기 빽빽한 세월 속에
나를 묻어버리기 위해.

내가 사라진 빈 숲에
푸른 잎들의 울음 메아리 치고
그늘 없는 나의 죽음 나무 속에 있네.

썩은 나무

그 나무는 나의 세월입니다.
껍질에 새겨진 꼬불꼬불한 많은 길들이
해명되지 않은 나의 살아온 생애입니다.
새가 깃들이지 않는 나무
그 나무가 나의 몸입니다.
무성한 잎, 잎들 모두 새가 되어 창공으로
어디어디로 뿔뿔이 흩어져갈 때
어쩔 수 없이 까발려지는 나의 슬픈 화농을 감추지
못하고
해 사라지는 푸른 어둠녘까지만 살아가는
나는 뿌리뽑힌 빈 나무입니다.

풀 밭

멀리서 보면 그냥
한바탕의 초록인데
틈 없는 한 장의 바다인데

나는 그 속에서
연두색 회색 흰색 파랑색
노랑색, 천 갈래로 흩어지는 색색깔을 만난다.
머리카락처럼 촘촘한
생명들에 둘러싸인다.

나는 그 안에서
달리고 냄새 맡고 넘어지고
살 찢어지고 피 흘린다.

멀리서 보면 그냥
한가로운 풀밭인데
풀들이 서로 뒤엉키고 꼬여
하얗게 말라 바스러져간다.

오스카 와일드가 임우기에게

흰구름은 저렇게나 멀리
제 그림자와 떨어져 있지만
콜타르 같은 내 그림자
몸에서 떨어지지떨어지지 않는다

결국
삶의 비밀은 괴로움인 것이다: 오스카 와일드

초겨울의 나무가 황지우에게

뼈처럼 흰 겨울의 나무들
사이로 자욱한 낙엽 태우는 연기.
검붉은 흙 위에 수직으로 서 있던
은회색의 나무들이 연기의 날개에 실려
뿌리를 벗어부친 채 둥둥 날아간다.
추위를 태우는 불꽃보다
보석처럼 딸그락거리는 늦은 아침의 햇살이 한층 밝다.
가방을 든 한 사내가 검은 코트를 날개처럼 입고
역광을 받으며 펭귄처럼 뒤뚱대며 걸어간다.
그가 빠져나가는 아파트가 거대한 빙산 같다.

기형도

물가루 깨어져 날카로운
적막한 물가
물무덤 속 잉어 한 마리
솟구칠 때마다 누설되는
익사의, 물풀, 엉킨 타래

(입 속의 검은 잎)
검은 물 속의 퍼덕이는 혀

심해로부터 푸른 수표면까지
시간을 쪼개는 꿈틀거림

수만 볼트 전기 번쩍이는
충격의 시간은
죽음을 거슬러 늙음으로 노저어가고

남는 건 폭로된 감옥!
폭로된 응혈!

오래 된 사진

　먼지 나는 여름 신작로 위에 죽어가는 개망초꽃——
　오래 된 사진처럼 언젠가 그의 일생 딱 한 번 그 신작
로를 지나갔었네
　안개 같은 먼지 속에 짧은 순간 그녀 일생 전체가 부
르르 흔들렸었네

이 별

의자가 그녀를 붙잡고 놓아주지 않는다
의자에 꽂혀 그녀의 생이 마른다
지하철 통로 속에 이빨 같은 의자들

무엇이 그녀를 씹으려 한다
한번도 오지 않은 과거가
오래 전에 지나가버린 미래가
                              그녀를 씹으려 한다

누가 그녀의 영혼을 납치해갔나
기차가 빠르게 들어오고
납치당한 영혼이 돌아오는 건
                              순간이다
피는 건 잠시
            오래도록 시듦이 이어지는 것처럼

그녀를 보낸 허망한
입 벌린 의자 위로
남는다.
        무엇이?

목마름이,
수평선 저 너머 하얀 포말을
겨냥하는 하염없는 백사장 같은

죽은 자들의 시간

햇볕 미지근한 어느 봄날
바위 밑의 눈이 사라졌다.
계곡 깊은 곳의 눈도 사라졌다.
눈은 어디로 가버렸나
지난날의 잊지 못할 발자국까지 데리고.

눈은 사라져버렸다.
그 겨울을 버티기가 그렇게 힘들었나.
사라진 눈의 자리에
붉은 핏자국 같은 진달래 무더기.

계곡 하류에서 만나는 깊은 물 웅덩이.
이 봄의 생존자는 너희들이었구나.
작은 새가 날아가며
먼지 낀 하늘의 뻑뻑한 창을 연다.

주름투성이 물 까마득한 바닥에
햇빛이란 놈이 거기도 있어
소금쟁이 가벼운 발을
무대 위의 조명처럼 비춘다.

눈의 심장을 찌른 햇빛이
날을 번뜩이며 공기를 공격하고
부드럽게 베인
공기의 겉살 아래 처음으로
드러나는 공기의 속살
그 누구의 영혼도
그 냄새의 유혹을 견딜 수 없다.

햇볕이 아직 미지근한 봄날
물은 놀랍도록 차갑고
예전의 생존자는 없다.
봄날이여 일어나라.
새로운 것들이 곧
이 빈 시간들을 메우리라.

오 후

너의 내부는 따뜻한 어둠 깔린
여름날 태양을 끌어덮고 잠자는
큰 나무 그늘 같다.
숨 멈추고 앉아 있는 수많은 잎들이
햇볕에 제 살을 태우며 눈을 감고 있지만
바람이 네 안으로 걸어 들어가면
화려한 날개를 펼치는 공작새처럼
잎들을 부르르 털며 폭죽을 터뜨린다.

정 오

1

정오의 꽃 그림자
창을 뚫고 들어오는 햇빛
녹색 기다란 잎의 응시
햇빛과 부딪쳐서 내는
녹색 잎의 맑은 소리

햇빛은 너의 옷처럼 살짝
내 몸에 포개진다

찻잔에 부딪히는 물방울 같은
청색 찻숟갈 소리가
공기의 까슬까슬한 뉴똥치마를
팔라당, 뒤집었다 내린다

2

유리에 부딪히는 네 몸은
눈부시고, 포옹해봐도 텅 빈
내 팔 그림자뿐인 한낮
여름의 햇빛이 피워내는

포근하고 향 깊은
입술 통통한 하얀 꽃송이 앞에서
분홍의 선인장꽃이 살그머니
팬티를 내리다 좌우를 살피는 정오

아무도 없다
빈방에 가득한 햇빛처럼 반짝거리며
끝없이 일렁이며 파도 타는 너의 몸뿐

물고기 1

팔뚝만한 물고기 꼬리지느러미가
너의 살결을 물결처럼 가른다
시원한 너의 살이 물처럼 파도친다
물고기 뾰족한 입에 부딪히는
너의 부드러운 살
흐물흐물하고 빠닥빠닥한 너의 애무의 바다
속에 이빨 같은 조약돌과
헤엄치는 입술들

물고기 2

아주 오래 전에
내 눈에 담겼던
싱싱한
헤어지며 반쯤 돌아서 흔들던
너의 눈부신 팔목

이별의 슬픔에 끓는
나의 큰 눈 속으로 들어와 이제
눈동자의 호수 속에
헤엄치는 물고기 같은 나의 연인이여

그만 퍼덕이길,
내 눈동자 출렁여 그 물결
눈자위로 하염없이 흘러넘치니
그 물결 출렁이면 시야 어룽져
내 너를 보지 못하리

그날 밤 몸부림치던 안타까움처럼,
오! 그 파도 거세어져
머리 기슭에 가슴 절벽에

부딪혀 흩어지는데

그대여 제발 잠들라!
사랑에 지친 머리를 들쑤시지 말고
눈을 감고 내 몸 속에
너를 영원히 간직할 수 있도록
내 눈 속의 연인이여.

물고기 3

너의 몸에는
바다가 살고 있어
내 가슴 끊임없이 두근거린다.

일어서 달리고 무너지는
파도처럼 너의 몸에
무늬 지는 물결들.

그 가슴에 몸을 대면
물결이 바위를 핥듯
너의 가슴은 설레이며
내 몸을 두드린다.

너의 살갗은
태양을 빨아놓은 황금빛 모래밭
숨구멍으론 손가락 같은 게들이
숨차게 들락거리고
밀물이 들어 촉촉한
너의 긴긴 해안선을 따라
지느러미를 쉬고 있는 은색 물고기들.

너의 몸 속 그 바다
바닥 보이지 않는
시퍼런 그 바다

뒤집어 속 보여줄 때
그 바다 바위 밑 조개 속
나는, 뭍에서 사라진 난
이제는 비늘에 아가미도 생겼겠다.

너의 몸에는
바다가 살고 있어
난 자꾸만 잠수한다
너의 몸 속으로.

머리카락

....
너에게 그런 일이 일어나다니,
세상은 참혹했다. 그해 봄
두 눈 뜨고 두 팔 온전했던 나는
참혹한 세상보다 더 참혹했다.

그때부터 난 사람이 아니었으니
짬밥통에 얼굴 박은 돼지들 벌거벗은
몸에 껴입은 두툼한 똥처럼 나는
너무 밝은 분홍색 몸을 썩어 문드러지는
너의 주검으로 간신히 가렸다.

그 봄을 생각하면, 그때 접시 위에
살 발린 생선처럼 껌벅거리던
두 눈 벌써 뽑아버려야 했지만
아직도 멀쩡한 두 눈으로
내 몸에서 점점 지워져가는 너를
붉은 경고등처럼 깜짝깜짝 놀라며 본다.

내게 희망이 있다면

너를 깨끗이 잊는 것이다.
기억은 머리카락에서 온다고
무덤풀처럼 자라나는 머리칼 거듭 자르며.

그러나 너의 죽음 생각날 때마다
머리카락은 자라고
너를 잊어버리겠다는 희망으로
머리칼 거듭거듭 자르겠지만
나 죽지 않는 한 머리칼 또 자라고 말지.
죽음 뒤에도 자라지 않는가,
죽음보다 더 집요한 머리카락들!

……그렇게
나의 희망 끝끝내 이기지 못한다면,
나에게도 그런 일이, 참혹한 일이……
내게 희망이 있다면, 그것도 희망이라면,
그게 또한 나의 희망이다,
너처럼 죽을 수 있는 것.

두 통

나는 내 머리를 오르는 중이다
암석투성이의 그 머리를.
바람은 기억의 머리카락을
성기게 쓸어넘기고
발은 길 속으로 잠수했다가
헐떡헐떡 간신히 떠오른다.

멀리 관자놀이峯에 수십 개의
굴착기가 꽂혀 머리통을 판다.
바위 구멍에 장착된 다이너마이트가
폭발! 하고, 무너진
머리 한쪽이 횅하다.

내가 넘어가는 험준한 머리.
이 산을 비의 밧줄이
친친 동여매고
끌어당겼다 늦췄다
늦췄다 끌어당긴다.

높이 그 끈을 쥐고 날아가다가

어디쯤에선가 놓겠지, 슬쩍,
끈이 끊어지던가······

머리가 떨어지며 몸을 관통한다.
망가진 몸통. 속이 엉망이다.
갈라진 산골짝에 메아리치는
비명.

피가 말라버린 억새가
머리에 가득한데
나는 성냥을 그어
억새 허연 평원에 불을 지른다.
뜨겁다, 머리가. 훨훨 탄다.

어둠 속에서

(전차가 內視鏡처럼 어둠 속으로 들어간다.)

달리는 기차 밑바닥
시체처럼 차가운 얼굴에
타버릴 것 같은 뜨거운 손바닥으로
매달리는 손가락들.

잎, 잎 뒤에서
숨소리가
잎, 잎 사이에서
숨소리가
쉭, 쉭 칼을 가는 듯한
거친 숨소리가

어둠을 조심하세요.
어둠 속에서 반짝이는 것을 조심하세요.
바위 뒤나 肝
우거진 잎이나 허파 사이
갈라진 나무 뿌리,
창자를 조심하세요.

이마에 갑자기 차갑게 닿는
밤이슬의 예리함에 유의하세요.
섬뜩하게 목을 긋는
젖은 풀날의 날카로움에 유의하세요.
나를 노리는 것들을,
내 마음이 노리지 않는 것들을 조심하세요.

내 숨소리 사이로 간간이 섞이는
다른 이의 숨소리를 유의하세요.

검은 덩어리 뒤에 검은 덩어리
검은 덩어리 앞에 검은 덩어리
검은 덩어리 안에 검은 덩어리
검은 덩어리 밖에 검은 덩어리
검은 덩어리 위에 검은 덩어리
검은 덩어리 밑에 검은 덩어리

검은 표면 위에 너울거리는 빛
쇳덩이의 검정 위에 번쩍이는 검은 쇠
흑백 사진의 반짝이는 표피

內部의 어둠으로부터 터져나와
번질거리는 검은 덩어리들!

검은 기차 달리는
기차 밑바닥
시체, 어두운
시체처럼 차가운
얼굴에
매달리는 물방울들
타버릴 것 같은 뜨거운
손바닥 타오르고 있는 손바닥으로
매달리는 물방울들!

(환한 점등: 밖으로 터져나오는 어둠의 內臟.)

눈뜰 수 없는 밝음
눈감아도 눈꺼풀에 밝게 일렁이는 빛살
이 괴로움!
손바닥을 펴봐.
붉은 즙액, 붉은 물방울들.

이 피!
이 피로 나는 살아왔어요.
이 피로!
아무래도 보이지 않는 곳에서
더듬어 갈라져 꿰맨 몸으로
어둠 속에서.
핏주머니 몸으로
어둠 속에서.

꽃의 죽음

꽃이 죽었어요
세상 환하게 눈꺼풀 치켜뜨던
그 꽃이
검은 바위, 마른 가시들을
비추던 電燈 같은
그 꽃이

산맥과 파도를 지나
바람이 弔問 오고
수많은 구렁을 넘어
저기 저 멀리까지
개미들의 조문 행렬이
검은 띠를 휘감았어요

꽃이 죽었어요
아무도 보지 않았고
아무도 가지 않았고
누구도 볼 수 없고
누구도 갈 수 없는
그곳에서

그때 그 자리엔
아무도 없었어요
새파란 하늘이 있었을 뿐
더운 콧김을 내뿜는 들소 모양의 구름이
터지는 포탄의 파편이 되어 사라지고 있었을 뿐

꽃이 죽었어요
들판의 눈동자처럼
나를 응시하던
그 꽃이
꽃잎이 하나둘 떨어질 때의
공기의 파동, 그 물결이
내 가슴살을 갉아먹고 있어요

꽃이 죽었어요
그 꽃이 없어진
텅 빈 자리
흉측한 흉터 같은 그 자리

망막에 지워지지 않는
그 꽃 안에서 나는
바깥의 어둡고 메마른
상처를 오래오래 내다보았어요.

흐른다 1

피만 흐르는 것이 아니다
너의 육체도 흐른다
흘러서 내게로 온다

너를 나에게 담는다
에나멜을 녹이는 아세톤처럼
너는 나를 녹이고
녹아 헐렁해진 너-나는
흐물흐물한 액체가 되어 흐른다
굳어서 딱딱해질 때까지

흐른다 2
―― 색깔

　파란색이 먼저 드러눕는다. 그 위에 흰색이 포개 눕
는다. 흰색의 그늘이 드리워져 파란색의 어떤 부분부분
들을 검게 만드는 그 자리 옆에 녹색이 앉고 녹색을 뭉
개며 갈색이 미끄러진다. 빠르게 미끄러지면서 갈색은
빨간색이 되고 빨간색은 두근거리는 발걸음으로 자신의
몸인 빨강을 흘리며 뛰어다니고 그 사이로 녹색이 다시
얼굴을 내밀고 그 사이사이로 흰색의 눈알이 번뜩인다.
파란색, 흰색, 검은색, 녹색, 갈색, 빨간색이 제각기 제
뜻대로 움직이면서 살아가지만 어디까지가 파란색이 살
아온 시간이고 어디까지가 흰색이 뛰어간 곳이고 어디
까지가 검은색이 죽어갈 깊이고 어디까지가 녹색이 끼
여들 틈이고 어디까지가 갈색이 기어갈 높이며 어디까
지가 빨간색이 흩뿌려질 공간인지 모른다. 그렇듯 속에
서 북받치는 열기 때문에 흐르는 것이다. 결국은 이 색
깔 저 색깔도 아닌 덩어리인 것이다.

　검은색, 원래 검은색, 검은색 덩어리
　녹으며 흰 피를 흘리는
　흐르며 희게 더럽혀지는 검은색, 원래
　검은색,

검은색 덩어리 꼭대기가
허물어지며 흰색은 흐르고
검은색이 흰색이 되어가는 그 사이
짧은 혹은 긴 흐름이 회색인 것 같지만
그러나 결국은 아무것도 아닌 것이다
돌이켜 생각하면 12월이고 추운 흐름이었지만

흐른다 3
──산

1

안개가 산으로 흐르면 골짜기, 산봉우리, 낭떠러지와 굴곡과 균열들이 젖빛 속치마 속에 감추어져 어른어른 비친다. 베일에 가려져 은밀하게 부풀어오르고 번지고 사그러지는 산의 속살들, 안개가 산으로 흐르면

길이 산으로 흐르면 점점 깊어져 그 끝을 알 수 없고 철로가 산으로 흐르면 총탄에 맞은 것처럼 큰 구멍이 뚫리면서 꼬치 같은 기차에 꿰어져 산은 송두리째 태양의 화덕에 익으며 검은 석탄 같은 피를 쏟아낸다. 그러나 꽃들은 빨갛게 노랗게 부풀어오른 작은 火傷에 불과할 뿐 산은 더 이상 익혀지지 않는다

바람은 공간의 흐름이지만 산은 시간의 흐름. 산은 제 몸을 잘게 부수고 해체하며 바다로 달려간다. 산의 열정과 바다의 정열이 맞부딪치는 그곳, 숨막히는 파도 들끓는 절벽 흰 모래알의 침묵들

2

산으로 흐르면 바위 나무나무 뒤엉킨 풀, 흙 알갱이

나무 바위바위바위 잎잎 풀풀 들로 몸이 녹아 흘러든다.
내 몸은 산 위에 서 있는 것이 아니라, 바로 바위 자갈
나무 풀! 동료들은 바위틈 나무의 주름 계곡물 속으로
애타게 나를 찾아다닌다. 헛된 삶의 흔적들을

　산의 나무의 오랜, 상상할 수 없이 오랜 삶 속에 내가
잠겨 흐른다. 나의 눈동자로, 내 몸이 압축되어 전체가
눈동자인 눈동자로 흐르는 그것을 응시한다. 그것은 그
토록 내가 체험하고자 했던 도저히 알 수 없는 그 무엇
——저 산들 울퉁불퉁 내 몸 속으로 흘러들어와 근육이
팽팽하다. 팽팽하고 욱신거리는 그 무엇

벼 랑

1

숨어 있는 가파른 벼랑을 끄집어내세요.
까마득한 벼랑의 바위 홈에 끼운
여덟 개의 손톱으로 목숨을 버티지 말고
벼랑을 버리세요.
쏟아질 듯한 미끈미끈한 시간을 미끄러지는 손으로
안타까이 부여잡지 말고
가볍게 날으는 구름에 섞이세요.
손톱이 찢어지고 손아귀에 안간힘을 써도 시간에 자
꾸 미끄러지는 벼랑을
발 아래 가물가물한 바닥으로
끝없이 중얼거리는 바다로 펼치세요.
칼바람에 식은땀이 마르는
벼랑에 바둥바둥 매달리며 까무러치지만 말고
벼랑에 누워 벼랑을 쓰러뜨리고 벼랑을 타세요.

1-1

까마득한 벼랑의 바위 홈에 겨우
여덟 개의 손톱으로 목숨을 걸고
칼바람에 식은땀이 얼어붙는 나를

70

흩어지는 햇빛인 내가 본다.
쏟아질 듯한 미끈미끈한 시간을 미끄러지는
손으로 안타까이 부여잡은 나를
가볍게 날으는 구름인 내가 본다.
손톱은 찢어지고
손아귀에 안간힘을 써도 시간은 자꾸 미끄러지는 나를
발 아래 가물가물한
끝없이 날름거리는 무서운 바다인 내가 본다.
흘릴 식은땀은 다 흘렸고 바위였던 손톱이 다시 손톱
으로 돌아오는
바둥바둥 까무러치는 나를
바위틈에 뿌리내린 싱싱한 풀인 내가 본다.
내 속에 있는 벼랑이 벼랑에 매달린 나를 본다.

입맞춤

너를 마시고 싶다.
너의 살과 피와 뼈와
너의 영혼, 비린내,
너의 지금까지의 삶과 앞으로 남은 삶을
후르르 마시고 싶다.

빨려들어가고 싶다. 너에게로
현기증 나는 백색의
이빨들 사이로
뜨거운 붉은
속살 속으로

마침내 너에게 묻히고 싶다.
입 벌릴 때마다 풍기는 구취.
한 영혼이
다른 몸 속에서 천천히
소화되어 사라지는

입술의 틀어진 솔기가 들쳐질 때마다
어른거리는 삶의 문틈으로

엿보이는 영혼.
손을 뻗으면 만져질 듯 만져지지 않는
현기증 나는 하얀 벽들.
끝없는 입술의 오물락거림과
아직도 발설되지 않은 말들.

내 머릿속에

당신을 내 머릿속에 집어넣었어요.
처음에는 아귀가 맞지 않아 덜그럭거렸지만
이제는, 당신, 내 눈으로 보고
내 귀로 듣고 내 입으로 말합니다.

내 눈으로 본 것은, 아니 당신이 본 거죠.
당신 귀로 듣는 것이, 아니 내가 듣는 것이죠.
당신이, 아니, 내가, 아니, 당신이……

내 머릿속에 당신이 들어간 걸까요?

당신 머릿속으로 내가 들어갔어요.
처음에는 아귀가 맞지 않아 덜그럭거렸지만
이제는 당신이 나입니다

그렇지만 나는 더 이상 없으며 당신도 이미 없습니다.

내 몸은 네 삶의 그루터기

내 몸의 차창 밖으로 느리게 지나쳐가는
수많은 날들의 지붕들 그 아래
따뜻한 방의 형광등 깜빡거리며 꺼지고
컴컴해진 내 마음 타다 만 쓰레기 같은
우울한 저녁 안개가 되어 흩어질 무렵
엉덩이에 달라붙는 나를 툭툭 털어내며
너는 걸어나간다, 무덤 같은 내 몸을 열어제치고
밑동까지 잘려진 나무의 한 귀퉁이에서도 어린 잎들
이 출산되듯
죽음의 저편 언저리 같은 내 몸에서 물줄기로 뿜어나
오는
너의 푸른 다리가 풀기둥처럼 뻗어나가 공기를 자르고
내 머리카락 희어지는 끝에 환한 꽃 같은 너의 얼굴
돌아봐도 나는 보이지 않겠지만
나에서부터 너의 삶은 시작되고
너에게로 빛나는 生들을 쏘아올리는
내 몸은 네 삶의 그루터기이니……

북극의 얼음

내 몸은
북극의 얼음처럼 천천히 녹아내리고
녹는 무게만큼 제 부피를 늘려가는 찬 바다
깊은 밑바닥의 귀머거리 고기여
너는 모르는구나
내 몸을 먹고 네가 살아가고 있다는 것을
너는 모르는구나
내가 조금씩조금씩 사라져가고 있다는 것을

술 집

　자정을 넘어 그녀를 찾아 술집으로 간다.
　집이 걱정된다——현관문은 잘 잠갔는지? 가스불은
안전한지?
　고가도로 옆 함석 바라크 술집 문을 열면
　매캐한 연기 노린내
　빨갛다 못해 노란 불을 뿜고 있는 연탄 화덕
　옆의 뚱뚱한 주인 아줌마
　그곳 안방 술상에 그녀는 없고
　낯익은 동료 후배들이 땀을 흘리며 소주를 마시고 있다.
　그곳에 너는 없다.
　동료들의 권유를 뿌리치고
　그 옆 그 옆 술집들을 열어보며 불안해한다.
　한 술집에 그녀가
　그녀의 친구들과 함께 소주를 마시며
　울고 있는 것이 간이창 너머로 보인다.
　그녀의 딸인지 아들인지 모를 어린애가
　마루 끝에서 울고 있다.
　어린애를 달래며 방안으로 들어서며
　그녀의 시선을 피한다. 난감하다.
　엎질러버린 물을 바라보듯 방바닥을 쳐다본다.

원망과 증오의 울음을 귀에 눈에 퍼담으며
동료들이 있는 술집으로 옮기기를 간청한다.
그녀의 친구들이 그녀를 달랜다.
반항하듯 그녀는 어린애를 앞세워 술집 문을 거칠게
열고 사라진다.
황황히 인사를 하고 그녀를 따라 나선 술집 밖
캄캄하다. 발밑에 개숫물 흐르는 소리.
그곳에 너는 없다.
간이창 앞 술집에서 비쳐나오는 불빛 아래 그녀.
"뭘 먹니?" 근심스레 묻는다.
"약" 풀이 죽어 대답한다.
그녀의 손을 잡고 약을 입에 털어넣는 걸 돕는다.
그녀를 부축하며 술집으로 들어간다.
술상에 술에 취한 동료 후배들
그 사이에 그녀를 앉힌다.
어려운 고비를 넘겼다는 안도감으로 상 앞에 털썩 주
저앉는다.
동료들은 잠들어 있다.
어린애가 없다. 왜 그걸 진작 몰랐을까?
그녀도 없다! 술집 주인도 없다! 타오르던 화덕도!

바지에 끼어 있을 두 다리도 없다!
발치께에 껌벅이는 두 눈동자
내 바지에 몸통을 끼운 채 바짓가랑이에 아슬아슬히
이마를 내민 채 네가 나를 훔쳐보고 있다.

지붕 위의 눈

1

동굴 안으로 떠밀려 들어가듯 어둠이 짙어지고
나는 지붕 위에서 몸이 녹아내리는 것을 견디고 있었다.
무너져내리는 하늘을 몇 개의 팔로 떠받치고 있는 나무 때문에
멀리 너의 모습이 검은색 속으로 완전히 빨려들어가지는 않고 있었다.

촛농처럼 흘러내리는 몸을 다시 추스르며 절망이 아직 꿰뚫지 못한 마음을 두 팔로 감싸안는다.
발가락 하나가 결국 액체가 되어 처마끝에서 소리를 지르며 땅바닥으로 추락한다.
그래도 먹통의 적막으로 침몰하지 않은 희끗희끗한 실루엣은 '견딤'이라는 말이다.
그것이 나와 너를 망각되어버리고 말 죽음의 그늘에서 솟아나게 하는 플래시빛.

2

내 목소리가 뛰어가서 네 숨결과 섞이며 귓구멍 창을 통해 네 안으로 들어가고

내 맥박과 심장이 날아가서 네 살 깊이 박힌다 해도
너는 아직 내가 아니다.

내 표정과 눈짓으로 네가 돌아본다 해도
나는 지붕 위에 잿빛, 음울하게 남아 있을 것이다
내 몸이 녹아내리는 긴 시간 동안.

녹고 흐르고 흘러 지붕골을 따라 흘러
물받이를 타고 내려 땅을 적시고
땅에 길을 내며 기고 기어
기어이 너의 발바닥을 적실 때까지는
내가 너를 살기 시작할
수 없을 것이다.
내 몸이 지붕에서 말끔히 사라져서
너의 발목을 잠글 때까지는.

나를 지나쳐 다른 편으로

그날, 저편으로 가는 팽팽한 철로 위에서
네 삶이 무서운 속도로 나를 지나치며
내 귀에다 빠르게 쏟아부은 말.
그것은 맑은 하늘에 먹장구름 같은 울음이었니.
시야를 지우며 갑자기 쏟아지는 눈보라 같은 비명이
었니.

너를 지나쳐 빠른 속도로 멀어지던 기차는 내가 아니다.
이미 내 삶이 아니다.
그곳의 몇 개의 객실을 뒤진다 해도
나는 없고, 짧은 순간 너를 바라보던 차창
내 마음이 앉았던 자리는
빈 좌석에 구겨진 시트만이 흔적으로 남아 있을 뿐이다.

나를 지나쳐 다른 편으로 가는 네 몸 위에
나는 옮겨 실렸다.
열린 창문으로 비어져나와 펄럭이며 몸부림치는 커튼
처럼
너의 호주머니에서 흘러나와 버려질 것 같은 손수건
처럼

나는 내달리는 네 삶에 끼였다.

내 몸이 완전히 실리기도 전에
네 몸의 문은 닫혀버렸으니
나는 견딜 수 없이 아프고
너의 고집스럽고 단호한 속도 때문에
내 몸은 네 삶의 바깥에서 아직도 시리게 펄럭인다.

그 자리, 그 삶

어느 날 내 몸은 잘게 부서져 눈이 되어 흩날리니
   이리저리 몰리며 몸부림치는 나의 영혼 눈보라로 흩
어지네.
   살점 몇 개는 사람들 신발 밑에 깔려
   영원히 돌이킬 수 없는 딴 세상으로 가버렸으니
   내 삶의 어떤 부분이 질펀히 녹아 하수구로 흘러 버
려지는가.
   살점 몇 개는 벌거벗은 너의 눈 속으로 흘러들어
   두근거리는 피가 되어 너의 몸 속을 떠돌며
   네 예민한 감각의 머리끄덩이를 잡아당기니
   너의 삶도 상심의 회오리에 실려
   찬 계곡을 눈보라처럼 부유하네.
   그토록 단정하던 너의 몸, 뚜렷한 색깔과 형태의 너
의 몸이
   흐트러지며 단단히 잡고 있던 마지막 흰 숨결까지 게
워내며
   눈보라 속에 천천히 지워져가고
   너의 몸과 너의 삶이 선명한 푸른색으로 남아 있던
그 자리
   내 몸과 네 삶이 뿌옇게 섞이고 있는 거기 그 자리

서리 낀 창의 잘 보이지 않는 저쪽처럼
삶과 삶이 섞이는 답답하고 느린
끝없이 유예되는 그 자리, 격렬하고 불투명한 그 삶.

슬픈 게이

1

손바닥에 너의 두 눈
내 눈을 빼고 그걸 끼운다.
코와 입 귀를 지우고
너의 코와 입 귀를 덮는다.
머리카락을 뽑고
너의 머리카락을
씌운다.

내 얼굴은 사라지고
거울 속에 비친 네 얼굴
웃는다 너처럼.
너무나 생생한 예전의 너의 미소
그걸 흉내낸다.
내 생각이 너의 생각이도록
반복하고 반복한다.

너를 연기하는 배우가 아냐.
네가 되어 너의 삶을 살아가는 거지.

2

부풀어오른
유리잔처럼 매끄러운 가슴에
커피향의 젖꼭지가 돋아난다.
부숭한 털을 깎아내고
잘 구운 빵에다
우유빛 크림을 바르고
얇게 초콜릿을 덮는다.
너의 맛있는 살갗처럼.

나의 남성을 가지치고
너의 여성을 둥지친다.
방금 낳은 따뜻한 알들이
안전하게 부화할 수 있도록
뭇 잡새, 뱀의 눈에 띄지 않게
무성한 잎들 사이에
여성을 둥지친다.

3

거울 속에 살아난 너

의 얼굴 위에
나-너의 손가락을 눌러본다.
입술에 체리액 루주를 바르고
혀와 입술 색깔을 대본다.
빨간 사과 사이로 황급히 숨는
흰 양들, 구름 같은 이빨들.
느슨한 눈썹을 팽팽하게 그리고
닫힌 속눈썹-창살을 들창처럼
젖혀 연다.
그 속에 갇혀 있던 너의 눈 너의
눈물
속으로 운다. 어깨를 들먹이며
속입술을 깨물며
울음을 깨문다
예전의 너처럼.

흔들린다 네가
담겨 있는
세상이 흔들린다.

4

비둘기색 스타킹을
펴올려 은빛 생선의
허벅지를 감싼다.
침실 커튼을 매만지듯
분홍색 매니큐어의 손이
장미꽃 팬티를 탄력 있게 스친다.
너의 손바닥이 감싸듯
브래지어가 익은 가슴을 감싸고
그 위에 미색 스웨터.
진회색 스커트.

속삭임 같은 바람이
귀에 불어오면
율동감 있게 출렁이는 수양버들
늘어진 머릿잎.
너의 머리에서
날아오르는 비둘기
떼지어 날개 치는 비둘기.

너를 연기하는 게 아냐.
너의 삶을 살아가는 거지.

5

무덤을 열고
네가 나온다.
네 무덤 있던 자리에 ——무덤 없고
가득차 흘러내리는 햇빛에
반짝이며 굴러가는 물방울들.
그 아래 깔깔대는 자갈들.
너의 주검이
일어서 걸어온다 ——주검 없고
새소리처럼 솟구치는 높은 음의
부산한 너의 뾰족구두 소리.
풀잎에, 나뭇잎에 맺힌 아침을 털며
걸어온다. 나에게로.
없는 내가 너를 본다.
너무도 생생하게
나는 없고
추억의 네가 아닌

바로 지금! 네가
삶의 싱싱함으로
살아온다.

외 침

혀끝에 추락하는
바람
눈밑에 가을볕
끝까지 버팅긴 그림자.
몸을 검고 네모난 관처럼
눕히고…… 땅속에
모가지 내민 빈 무덤.
이빨 끝에 튕겨 멀리 이어지는
땅 파는 괭이 소리.
눈자위에 붉게 젖는
가을꽃
외침.
허공에 부딪혀 깨어지는
그림자 긴
喪失── 나는 지운다.
몸을. 사라진 너를 위해.
피에 새겼던
너의 흔적
햇빛 받아 증발하고
남은 기억

무게에
패인 땅.
매장된 슬픔.
내 말에
도굴된
너의
시체.

게이 1

내 몸을 다
뒤지고 돌아다녀도
내 들 곳은 없어라, 내 몸의
벼랑에 서서 생각하느니
저 꽃의 몸으로
저 바위, 저 파도의 몸으로
저 새의 몸으로
태어났다면 나는 지금껏
어떤 길을 걸어왔을까
허공 중에 흩어나는 너의 향기 따라
나를 던지느니, 저 포말의 몸으로 태어날 건가
벼랑의 컴컴한 틈에 아슬아슬히
피어 있는 꽃 한 송이 나를 잡아채니
너는 내 안의 오랜 나였구나

한 꽃 속에 모든 여성이 들어 있고
한 여성 속에 모든 꽃이 숨어 있으니
나는 내 육체의 경계를 빠져나와
네 몸으로의 험난한 벼랑을 기어오른다네

게이 2

내 앞에 서 있는 당신은 누구신가요?
입김에 지워졌다 다시 나타나는 당신.
사랑합니다 당신을, 예전에 누가
당신이 나였다는 것을 알겠어요, 예전에 누가
당신이 남자였다는 것을 알겠어요.
입술 루주에 긴 머리, 롱 스커트에 굽구두, 그 속에 누가
남자를 감췄다고 하겠어요, 누가,
내 몸을 좀더 깊이 들췄더라면, 이미,
오래 전부터 있던 한 여자를 만났을 거예요.

나의 슬픔을 아시겠어요?
입김에 아련해지는 사랑한 당신.
트럼펫의 가느단 육체 속으로
하늘하늘 걸어 들어오는,
나를 옷처럼 입고 있는 당신,
당신을 떠나 내게로 돌아오는 당신, 마침내
저녁의 붉고 누추한 거리로 나서면, 거기
정신병동 노란 감시등 같은 내 지난 삶이
앰뷸런스 급한 경고등처럼 위태롭게 깜빡이는
지금 내 삶을 쓸쓸하게
쓸쓸하게 적십니다.

게이 3

머리 위에서 네모진 빛들이
딸랑거리는 밝은 이 저녁
나는 거울을 보네.
거울 속에도 네모진 빛들이
붉게 미소짓는 저녁
저 거울 속으로 들어가면
나는 여자가 된다.

화장대 위의 화장품들
검은 머리 너의 긴 머리카락
무엇이 저 투명함 속을
열어제치는 열쇠인가

눈을 감으면 사라질
빛들, 어둠 속에 흐릿해질 형태들

거울 속의 한 여자가
소리치며 나를 찾네
빨간 목젖이 까맣게 타도록

너는 거울에서 걸어나와
화장실 문을 밀고 밖으로 나가네, 순간
반짝이는 지퍼의 레일 위에서
나는 너를 본다

한 여자 속에 한 남자
네온 흐느끼는 플로어에서
품에 안기어 돌아가네
               남자에서 여자로
            여자에서 남자로
         너에서 나로
        나에서 너로

트럼펫의 쉰 목청이
어두워가는 저녁과 함께
이 모든 것들을 지워가는
리듬 속에

게이 4

내 몸이
내게 맞지 않다.

몸에 갇혀
끙끙거리는
나 아닌
몸 속에
다른 이의
애타는
목소리.

덜컹거리는 몸에 실려
나의 일생을 떠메고 가는
잘못 입은 너의
몸의
쓸쓸한 뒷모습.

오 내 사랑 에이즈 1

네가 떠나고, 네가 없어지고, 네가 사라지고
난 뒤부터 나는 내 몸 밖에 있는 세상을 죽여버렸다.
죽음이 그리고 살해가 두렵지는 않았다. 죽지 않기
위해
죽이기 위해 버둥거리고 뒤치락거렸던 감촉이 남아
있는 내 몸이 무서웠다.

눈으로 볼 수 있는 것 이 세상에 없었고
귀로 들을 수 있는 것 이 세상에 없었다.
그러나 늘 보고 있었고 늘 듣고 있었다. 그것은
지금껏 한번도 녹지 않았던 깊은 계곡의 흰 눈처럼
나의 가장 깊은 함정과도 같은 숨겨진 곳에서
어떤 다른 사람에게도 들키지 않고 나에게만 왔다.

끝을 알 수 없는 꼬불꼬불한 골목의 미로에서
나지막하게 끊어질 듯 끊어질 듯 들리는 노는 아이들
소리처럼
내 귀는 물 속 같은 나의 몸을 지나 바닥에서
소리를 찾는다, 소리를 기록한다.

미치광이의 시선이 날아가는 곳
이미 이 세상엔 없듯이, 자기의 속만 들여다보는,
오로지 번들거리고 미끈거리는 자신의 내장만을
들여다보는, 그의 눈처럼 내 눈은
나의 내장들의 꿈틀거림을 골똘하게 쳐다보았다.

네가 떠나고, 네가 없어지고, 네가 흔적도 없이 사라
지고
난 뒤부터 나는 안다.
나는 내 몸 밖에서 다시는 너를 찾지도 않았고 기다
리지도 않았다.
내 눈이나 내 귀 내 손가락이나 내 발가락들이
너를 거머쥘 수 있으리라 믿지 않았다.
다만 지금까지 한번도 없었던 것, 알 수 없는 것이
내 몸의 어떤 부분에서 탄생하고,
환생하고 있다는 것을 나는 안다.

오 내 사랑 에이즈 2

어떤 몸은 어떤 몸을 저주한다
치명적인 폭발물인 것처럼

죽음을 아는 몸은 순결하다
그러나 죽음을 모르는 몸은
닳고 더러워진다
(오, 한 몸을 위해 산산이 폭발하는 한 몸이여!
오오, 자기 생을 방패로 항거하는 피여! 세포여!)

혁명이 세상을 바꿀 수 없는 시대에
에이즈 바이러스는 몸을 뒤바꿔버린다
그 누구도 할 수 없었던,
유전자 구조를 해체시켜버리는
몸을 담금질하는, 오 에이즈 바이러스여

세상이 규범 속에 있을 때 너는
그 누구의 것도 아닌 새로운
낯선 체제의 몸 속에 있다

저녁의 첫 빗방울

1

저녁 무렵, 흐르는 강물에 떨어지는 첫 빗방울
처럼 나는 지워지고 섞이며 흐름 속에
큰 흐름 속에 내 모든 것 들이밀어 흘러가네
아픔도 없어라, 흐릿해져가는 나의 육체여
물결도 잠시뿐 다른 물결에 휩쓸리고 말았으니

2

바위를 치며 밀어붙이는 물 그 아래
끊임없이 일어나다 엎어지는 포말 그 안에
수면 위로 한 순간 은빛으로 솟구치는 스텐
밥그릇 같은 물 덩어리,
엄청난 두께의 유리 같은 물 덩어리 그 안에
피라미 아가미에 수없이 꿰어지며 흩어져
흩어져서 없는 나는 어디에?

3

그토록 많은 흙들 나무들 돌들
이던 산이 창백하게 밝은 저녁 기운 속에
떨어진 한 방울의 푸른 잉크처럼 엷어지며

점점 퍼져가고, 흐르는 강물도 산도 흡인력 좋은
얇은 습자지 같은 저녁의 푸르스름한 이내 속으로
마침내 짙어지는 밤의 캄캄함 속으로 서서히 사라져
가는데
나는 방울방울 떨어져 그 모든 것에로 번져들다가
차라리 깜깜한 未知의 딴딴한 어둠이 되련다
퍼져가고 지워지는 모든 물렁물렁한 것들 속에서

4
아픔도 없어라, 흐릿해져가는 나의 육체여

시인의 심장

폭탄은 항상 내부에 있고
뇌관은 항상 바깥에 있다

붉은 심장의 폭발!
향기 없는 그 꽃을 누군가 造花라고
읽으며 시집을 덮는다
(그들 중에 누군가 弔花라고 소리쳤던가?)

멀리 바쁘게 사라져가는 시인의 잰걸음
아무도 눈치채지 못하는 생의 마지막 풍경, 어스름녘
눈보라 같은 파편이 모든 걸 더 빨리 지워버린다

죽음 이후의 네 생

정　　과　　리

> 죽음을 아는 몸은 순결하다
> ──「오 내 사랑 에이즈 2」

　한 권의 시집은 한 편의 드라마를 구성한다. 그것은 시집이 단순히 시들의 모음이 아니라, 조직된 전체라는 것을 뜻한다. 그 조직된 전체를 이루는 성분이 시이기 때문에 시집은 산문과는 달리 완결과 흐름이라는 이중의 움직임 속에 놓인다. 한편 한편의 시는 저마다 우주 전체를 표상하는 한 편으로 동시에 의미의 발생적 매듭들이 되어 시집이라는 이름의 또 다른 전체(그렇다고 '더 큰' 전체라고 할 수는 없다)를 구성하는 데 참여한다. 완결과 흐름이라는 그 모순된 움직임의 동시성 때문에, 시집으로 가는 길은 결코 선형(線形)적 구조를 가질 수가 없다. 시집은 끊임없이 시라는 이름의 개개의 완결

점들로 회귀하고 시들은 시시각각 시집으로 반향해 그
것을 변화시킨다. 일종의 방사성의 구름을 이루며 몸체
에서는 끝없는 전진-회귀가 되풀이되고, 가두리에서는
특이한 몸짓·인식·감각 들이 생성과 소멸을 반복한
다.

  채호기의 새 시집은 이러한 시집의 이상적 담론에 근
접한다(물론 모든 시집이 그렇게 구성되어야 한다는 얘기
는 아니다. 시집의 꿈은 저마다 다를 수 있으며, 그 꿈 중
의 어떤 것들은 시의 본성에 비추어져 이상적 담론을 구성
한다. 위의 얘기도 그 이상적 담론 '들' 중의 하나일 뿐이
다). 시집은,

    네가 떠난 자리 (p. 11)

  를 첫 행으로 가진 첫 시로부터 시작해

    이별의 슬픔에 끓는
    나의 큰 눈 속으로 들어와 이제
    눈동자의 호수 속에
    헤엄치는 물고기 같은 나의 연인이여 (p. 50)

  를 노래하는 상상적 재회의 감격을 거쳐,

    덜컹거리는 몸에 실려
    나의 일생을 떠메고 가는
    잘못 입은 너의

> 몸의
> 쓸쓸한 뒷모습 (p. 98)

을 보는 후일담으로 나아가

> 그토록 많은 흙들 나무들 돌들
> 이던 산이 창백하게 밝은 저녁 기운 속에
> 떨어진 한 방울의 푸른 잉크처럼 엷어지 (p. 102)

면서 끝난다. 이별의 사실로부터 출발해 재회를 거쳐 과잉으로 나아가면서 소멸로 귀결한다. 독자는 저 만해의 유명한 경구, "우리는 만날 때에 떠날 것을 염려하는 것과 같이, 떠날 때에 다시 만날 것을 믿습니다"(「님의 沈默」)가 하나의 시간 줄기를 타고 전개되는 것을 볼 수가 있다. 님은 갔지만, 나는 님을 보내지 아니하였으니, 그로부터 태어난 "제 곡조를 못 이기는 사랑의 노래"가 역사의 선율에 실려 못 이룬 삶을 드디어 완성하는 것이다. 그 점에서 채호기의 시는 한국시 특유의 이별의 미학을 연장한다. 그 연장은 연장선상에 있다는 의미에서의 연장이 아니라, '전개시킨다'는 의미에서의 연장이다. '회자정리, 이자필반(會者定離, 離者必反)'이 하나의 상징이라면, 그의 시집의 1차적 구조는 그 상징을 풀어낸다. 다시 말해 내력화한다. 가령, 그가 나무에 대해 말한다면, "그 나무는 나의 세월"(p. 36)이다. 상징의 연장은 세월화하기이다.

다른 한편으로, 시의 본성이라 할 수 있는 완결성이

시들 각각에서 매듭을 이룬다. 이별을 고시한 '서시,' 「겨울 나그네」의 두번째 행, "마른 풀들만 남고"는 이미 이별 다음의 삶을 출발시키고 있다. 그것은 그 자체로서 이별과 만남의 전과정을 압축하고 있다. 또한, 역시 위에서 두번째로 인용된 시 「물고기 2」의 상상적 재회의 감격은 실은 이별의 슬픔을 극복한 데서 오는 것이 아니라 이별 그 자체의 사건으로부터 온다. 그것은 "헤어지며 반쯤 돌아서 흔들던/너의 눈부신 팔목"(p. 50)에 대한 '싱싱한/생생한' 기억이 만든 순간의 컷이다. 모든 시에서 이별과 만남은 한데 요약되어 있다.

그러나 여기까지는 첫인상에 불과하다. 채호기 시집의 실제는 이 첫인상을, 더 나아가, 오래도록 이별의 미학을 즐겨온 한국인의 취향을 잔인하게 배반한다. 아예 그 취향의 숙영지인 심장을 선뜩 베어낸다.

우선, 상투적인 드라마와는 다르게, 시집은 만남에서 절정을 보여주지 않고, 만남의 부적합성을 노출시키는 데로 나아간다. 인용된 세번째 시구가 보여주듯이 '나'는 '너'의 몸을 잘못 입은 것이다. 모든 상투적인 드라마는 이별 속에서 극적인 만남을, 화해 속에서 추악한 불화를 갈구·음모한다. 시인의 음모는 그런 반전을 예정하는 음모, 그럼으로써 오늘의 슬픔을 즐기고 오늘의 행복에서 사디즘적 쾌감을 엿보는 그런 음모가 아니다. 다시, 「물고기 2」를 읽어보자. 그것을 두고 독자가 상상적 재회의 감격을 노래한다고 해석하는 순간 그것은 그 해석을 배반한다. 아니, 그 해석을 확인시켜주는 듯한 동작 그 자체로서 그것을 부인한다. 이어지는 연:

그만 퍼덕이길,
내 눈동자 출렁여 그 물결
눈자위로 하염없이 흘러넘치니
그 물결 출렁이면 시야 어룽져
내 너를 보지 못하리

에서, 화자는 상상적 재회를 가능하게 했던 너의 싱싱한 팔목이 벌써 내 눈자위로 넘쳐흘러 '너'를 보지 못하게 하리라는 것을 예감한다. 눈동자 속에 퍼덕이는 너의 산 물고기 같은 생생한 모습이 그 생동성의 과잉 자체에 의해서 흐려지는 이 절묘한 이미지의 반전을 통해 재회의 감격은 이별의 고통으로 급격히 회귀할 것이다. 이 예감으로 난 길은 전통적 미학 혹은 한국인의 집단 무의식의 움직임과 정확히 반대 방향을 취하고 있다. 즉 회자정리→이자필반의 방향이 이자필반→회자정리의 순으로 뒤집어진 것이다. 이 순서 뒤집기는, 이미 말했듯, 인용된 시 하나에 국한된 것이 아니라 시집 전체에 반향하는 것인데(위에 인용된 마지막 두 시구를 참조하라), 하지만 단순히 순서를 뒤집는 것만으로 완전히 새로운 구조를 만들어내고 있다. 상투적 순서 속에는 하나의 이른바 '이상한 끌개'가 모든 사건들의 밑받침으로 존재하는 것인데, 만남에 대한 꿈이 그 이상한 끌개이다. 그것은 모든 슬픔, 모든 고통, 모든 불행에 대한 최초의 동력이고 최후의 보증이다. 모든 사건은 그 끌개로 귀속한다. 현재의 이별은 (되찾은) 만남을 더욱 드라마틱하게 만드는 속임수가 된다. 반면, 시의 시간 속에서 현재는 "나무를 건드렸나/후드득 날아가는 새"(p. 11), "술의 급류에 나는/떠내려가고"(p. 23), "물가루 깨어져 날카로운/적막한 물가"(p. 40), "혀끝에 추락하는/바람/〔……〕/허공에 부딪혀 깨어지는/그림자"(p. 92)처럼 언제나 휘발하고 폭파하는 순간일 뿐이며, 이별이라는 이름의 과거, 그리고 그와 동일한 미래가 항구적인 현재로 내려앉는다. "피는 건 잠시/오래도록 시듦이 이어지는 것"(p. 42)이다. "너의 흔적〔은〕/햇빛 받아 증발하고"(p. 92) 기억만이 '남는다'. 기억은 동시에 예감이며, 그것이 현재를 영원히 밀어낸다. 추억과 미래를 위해 존재해야 할 현재를 그 추억과 미래가 영원히 계류시킨다. 그것은 "발설되지 못할" 추문이다. 시인은 전통적 서정이 상투적으로 꿈꾸는 해피 엔딩에의 욕망을 처참한 스캔들로 바꾼다. 그것은 만남을 담보로 한 이별에의 온갖 탐닉에 가새를 친다.

그러나, 이 추문화하기도 또한 상투적 욕망을 포함하고 있다. 이 센세이셔널한 사건을 엿보는 타자들의 은밀한 쾌감 혹은 아나키즘의 욕망과 그것은 공모한다. 이별 속에 이미 만남이 있다면, 만남 속에 이미 이별이 있다. 꼴좋겠다. 보라, 세상은 이렇듯 헛된 것이다…… 그러나 헛되다고 말하는 자는 제 말이 헛되지 않음을 즐거워한다. 그러니, 그곳에도 이상한 끌개는 있다. 그 끌개를 우리는 비극에 대한 욕망 혹은 허망 추구라고 이름할 수 있다.

그러나, 다시 「물고기 2」로 돌아가보자. 시는 스캔들에서 그치는 것이 아니다. 이어지는 다음 연:

그날 밤 몸부림치던 안타까움처럼,
오! 그 파도 거세어져
머리 기슭에 가슴 절벽에
부딪혀 흩어지는데

에 오면, 앞련에서 예감으로 나타났던 이별이 이제는 격
렬한 현재성을 띠고 있다. 예감은 벌써 현재를 점령해버
린 것인가? 하지만 "그날 밤 몸부림치던 안타까움"은 예
감을 현재화할 뿐 아니라, 그 이상이다. 앞련에서 간신
히 남아 있던 '너'의 싱싱한 펄떡임은 그 자체로서 절망
적 몸부림으로 뒤바뀐다. 거기에는 순서도 없으며, 내포
도 없다. 다시 말해 산 몸짓에서 죽음으로의 이행도 없
으며, 삶 속의 죽음도 아니다. 산 물고기의 퍼덕임이 곧
몸부림이다. 삶이 곧 죽음이다. 그 자체로서 부정인 긍
정이다. 그것은 삶을 담보로 한 죽음의 연출이거나, 죽
음을 엇비치는 삶의 허위이거나, 그 모든 감춤 혹은 가
장의 마지막 베일을 걷어내버린다. 그것은 삶, 곧 죽음
의 "폭로된 감옥!/폭로된 응혈!"(p. 40)을 적나라하게 드
러낸다. 이미지의 밀착만으로, 다시 말해, 공시태에서만
그런 게 아니다. 이야기의 내력, 즉 통시태에서도 그렇
다. 이야기의 전개로 보자면, "그날 밤 몸부림치던 안타
까움"은 "싱싱한/헤어지며 반쯤 돌아서 흔들던/너의 눈
부신 팔목"에 선행한다. 그 전날 이별의 의식이 거행되
었을 것이다. 술판이 엉망이 되고 울음이 낭자했을 것이
다. 그리고 그 이튿날, 이별의 슬픔을 애써 감추며, 팔

목 흔들며 헤어졌을 것이다. 시는 바로 그 전날의 몸부림, 싱싱한 팔목이 감추고 있던 그것을 마침내 폭로하고야 만다. 그리고 그 팔목의 흔듦을 안타까운 몸부림 바로 그것으로 동일화한다. 그럼으로써 시는 행복 혹은 비극에 대한 욕망을 완전히 차단시킨다. 그 욕망이 작동할 시간을 없애버렸기 때문이다.

우리는, 이제 채호기 시의 중층적 구조에 대해 말할 수 있게 되었다. 그의 시는 적어도 세 개의 겹을 포개놓은 구조로 이루어져 있다. 맨 아래층에 재회를 꿈꾸는 이별의 슬픔이 있다. 그것은 전통적 시학을 연장한다. 그 위층에 재회에 대한 꿈을 추문화하는 1차 배반이 있다. 그것은 만남에 대한 꿈과 슬픔에의 탐닉을 계류시킨다. 그러나 그 배반은 동시에 공모이다. 불행과의 공모. 그것은 이별을 항구화시키고 그럼으로써 모든 헛됨에 침닉한다. 그러나, 그 위층에서는 그 헛됨에의 침닉마저 폭로한다. 그것은 모든 긍정적이고 부정적인 모든 욕망에서 시간성을 빼앗는다. 다시 말해, 욕망의 현실성을 말소해버린다. 이 세 층은 다음과 같이 도해될 수 있을 것이다.

이별 ─────→ 만남 ─────→시간의 넓이 (수평
　　　　　　　　　　　　　　　 적 전개) : 긍정
이별 (만남)─── 속의 ── 만남 (이별)→ 시간의 깊이 (수직
　　　　　　　　　　　　　　　 적 배치) : 부정의 부정 (제2의 긍정)
이별 (만남)─── 아니 ── 만남 (이별)→ 시간의　부재 (말
　　　　　　　　　　　　　　　 소) : 역-부정 (긍정으로 결코 회귀하지 않는)

제3의 층은 '이별에서 만남'으로의 선조적 진행을 갖는 밑자리 층과 이별(만남) '속의' 만남(이별)이라는 센세이션/스캔들을 일으키는 제2층을 함께 뒤집으며, 이별과 만남을 '이별(만남), 아니, 만남(이별)'이라는 반복 강박으로 만든다. 그렇게 우리의 심장을 굴착한다. 그럼으로써 시집은 "그저 잡지의 표지처럼 통속"할 그 드라마를 무서운 고통의 현장으로 뒤바꾸고 있다. 한국인의 저 오래 된 관습적 욕망, 이별의 미학을 연출함으로써 영원한 만남을 꿈꾸는 욕망과 새옹지마의 쾌감, 그 '이룰 수 없는 사랑'을 즐기는 허망의 집요성을 동시에 박탈하는 것이다.

  그러나, 그러한 역-부정의 구조는 시집의 지향과 어긋난다. 이미 우리는 채호기의 시집이 한 편의 드라마를 구축하고 있음을 말했다. 모든 드라마는 시간성의 축 위에서 펼쳐진다. 그런데 채호기의 시는 시간성을 박탈하는 것이다. 그렇다면, 그것 또한 일종의 감춤이란 말인가? 시간성 위에서 시간 부재를 감추는 것인가? 그럴 것이다. 그러나, 그럼에도 불구하고, 그 시간 박탈이 그 나름의 시간성을 가지고 있다고 말하지 않을 수 없다. 밑자리 층의 시간적 전개를 업고서 그것이 드러나지 않을 수 없기 때문이다. 그 감춤의 드러냄, 혹은 시간 부재의 시간이 무엇인가?
  시간의 박탈, 그것은 곧 모든 산 것들을 죽음 그 너머로 되돌린다. 모든 삶이 쾌락 원칙을 지향하는 것이라면

(현실 원칙은 쾌락 원칙과 결코 대립하지 않는다. 그것은 후자의 변이일 뿐이다), 모든 쾌락 원칙은 시간 위에서 몸을 푼다. 그게 선조적인 시간이든, 항구적인 시간이든 다 그렇다. 시간성을 박탈한다는 것은 변화뿐 아니라, 영원·순간이라는 용어 자체도 아예 없애버리는 것이다. 그 시간의 용어들이 모두 말소되는 경계는 죽음 이외의 어느 무엇일 수 없다. 과연, 처음부터 시인은 그의 이별이 곧 죽음이라는 것을 보여준다. 서시의 "네가 떠난 자리"는 곧 "발 디딜 곳 없는/까마득한 곳"이다. 어떤 벼랑이 있는 것이다. 그것이 단순히 마음의 절망적 상태를 뜻하는 것이 아니라 말 그대로 어떤 벼랑임은 두 번째 시에서 "너의 몸이 지상에서 사라져버린 날"(p. 12)이 분명하게 가리키고 있다. 너의 몸이 사라져버린 저쪽과 나 사이에는 죽음이라는 이름의 넘을 수 없는 "수십 길 벼랑"이 가로놓여 있다. 시간의 박탈은 그 넘을 수 없는 벼랑으로 몸을 던지는 것이다. 그것은

> 너의 죽음을 내 남은 삶처럼
> 너의 남은 삶을 내 죽음처럼. (p. 13)

사는 것이다. 삶을 죽음으로, 죽음을 삶으로 만드는 것이다. 따라서, 앞의 도해에서 이별·만남의 항목들은 죽음·삶으로 바뀌어야 한다. 하나의 단애, 결코 무엇으로도 메울 수 없고 이을 수 없는 단절이 표시되어야 하기 때문이다.

    지나는 길에 한마디: 이 죽음을 현실 속의 죽음으로

파악해서는 안 된다. 그것은 삶 속에 점점이 놓인 회피될, 메워질, 잊혀질 사건들 중의 하나가 아니다. 시가 말하는 것은 죽음과 삶의 동시성이다. 삶 속에 죽음이 있는 것이 아니라 삶이 곧 죽음인 것이다. 보라, 시인은 지하철이 막 들어오는 플랫폼에서

　　이승과 저승을 가로지르는 틈으로 지하철이 비집고 들어
　올 때 건너편의 당신 몸이 가라앉는 것을 〔……〕
　　어둠의 터널을 달려온 긴 쇳덩어리가 내 눈앞에 잠시 머무
　르는 동안 그대 대신 그 자리에 하나의 무덤을 (p. 20)

보았다고 말하고 있지 않은가? 이별은 곧 죽음이다. 다시 만날 길이 없는 것이다. 물론 현실 속에서는 헤어진 그대를 나는 다시 만날 것이다. 그러나 시인의 눈으로 보자면 그때는 이미 다른 사람이다. 아니 다른 죽음이다.
　삶이 곧 죽음이라면, 같은 의미로 죽음은 곧 삶일 수 있다. 그러나 그 역이 항상 성립할 수 있는 것은 아니다. 모든 한국인은 사람이지만, 모든 사람이 한국인인 것은 아니다. 너의 죽음을 내 삶처럼 살아가겠다는 시인의 의지는 자연스러운 절차가 아니다. 그것은 하나의 기획이다. 그 기획에 우리는 죽음 이후의 생이라고 이름붙일 수 있을 것이다.
　그런데, 그 죽음 이후의 생은 가능하기나 할 것인가? 그 기획은 무시무시한 기획이다. 왜냐하면 네가 죽은 다음의 내 생을 말하는 게 아니기 때문이다. 너의 죽음을

삶으로, 다시 말해 그것에 현실의 시간성을 되돌려주려는 기획인 것이다. 그 죽음 이후의 생은 죽음 이후의 네 생이다. 그것은 불가능한 기획이 아닐까? 죽음은 인간의 오성으로는 결코 파악되지 않는 불가해한 덩어리이다. 셈할 수도 합할 수도 없는 것이다. 그런데, 네가 조물주의 적자인 예수가 아닌 바에야 어떻게 부활할 수 있단 말인가?

하나의 탄생이, 놀랍게도, 있었던 것이다. 어떤 무엇이 그 벼랑, 틈, 단절의 자리에서 태어난다. 보라,

> 너를 볼 수 없는 두 눈 대신
> 길고 긴 혓바닥이, 무슨 상처인 양 (p. 18)

불쑥 솟아난다. "검은 물 속의 퍼덕이는 혀"(p. 40)가 그 자리에서 나타난 것이다. 또 다른 시구:

> 머리에 플래시가 터지고
> 동공의 초점이 열렸다 닫히는
> 그 순간
> 뜨거운 火印의 말 찍혀졌네.
> 내 살 속에
> 오늘의 내가 생기기도 전인 그 과거로부터 없어진 건지 기억도 못 할 먼 미래에까지. (p. 21)

그러니까, 태어난 것은 언어이다. 죽음을 보는 자의 비명이 언어로 뒤바뀐 것이다. 그 언어의 탄생에 힘입어

나는 "나의 남은 삶 위에 그대를 펼"칠 수가 있게 된다. 거기에서

    나 ————— 너

의 이원적 관계는

의 삼각 관계로 변모한다. 이것은 단순히 말장난이 아니다. 나와 너 사이에는 '와'가 있다는 것이 우스개 속담이지만, 그 '와'는 결코 건조한 매개자, 조사가 아니다. 그것은 '나' '너'와 동등하게 경쟁하는 제3자이자, 동시에 예측 불가능한 변화체이다. 그래야만 하는 것이다. 그것이 단순한 매개자라면, 나의 삶과 너의 죽음 사이에는 어떤 변화도 없을 것이다. 죽음이 곧 삶이기 위해서는 그 매개자가 자율적 운동체가 되지 않을 수 없다.

그러나, 그 언어는 어떻게 태어나는가? 나의 삶/너의 죽음 사이에는 그것을 태어나게 할 교합이 존재할 수 없다. 그 자리에는 단절, 빗금을 나타내는 비명이 있을 뿐이다. 비명이 언어로, 벼랑이 다리로 뒤바뀌기 위해서는 나에게서 무엇인가를 재료로 빌려올 수밖에 없다(너는 부재하므로 재료가 될 수 없다). 정말, 시인의, "그대가 되어/내 나머지 삶은 없는 것으로 하리./실패할 때마다

내 몸의 한 부분을 잘라버리며/불구로 이 세상 모든 삶들을 부랑(浮浪)하리"(p. 21)라는 다짐은 말 그대로의 의지를 드러낸다. 그래야만, 다시 말해 스스로 상처입을 때에만, 언어가 만들어질 수가 있는 것이다. 무슨, 어떤 상처? 앞의 마지막 인용구를 다시 보자. "뜨거운 화인(火印)의 말"은 언제 태어나는가 하면, "머리에 플래시가 터지고/동공의 초점이 열렸다 닫히는/그 순간"이다. 그 순간은, 그러니까, 눈의 파열이 일어나는 순간이다. 눈이 급격히 확대되면서 너의 죽은 몸을 눈 바닥에 뜨겁게 찍어버리는 순간이다. 그는 "내 두 눈을 퍼내고/그곳에 너를 묻"(p. 16)었던 것이다.

눈은 살아 남은 나의 압축이자 변이이다. "내 몸이 압축되어 전체가 눈동자인 눈동자로 흐르는 그것을 응시한다"(p. 69). 그때부터 나는 눈먼 자가 된다. 나는 "통증도 없이 흘러내리는 눈동자/마지막 끊어질 핏줄에 대롱거리는 눈동자"(p. 14)로서만 산다. 그것은 현실의 나의 죽임이다. 그것은 현실적인 모든 관계·관습·이득을, 다시 말해 쾌락 원칙 자체를 포기하는 것이다. 그러나 그럼으로써 나는 눈뜬 자가 보지 못하는 죽은 너의 생을 완성할 수 있을 것이다.

> 대낮, 황금의 모래들이 허공을 뒤덮고 있는
> 고요한 대낮, 부서지는 거품이 네가 되어
> 걸어왔네, 2층의 층계참으로부터 (p. 30)

그 '너'의 걸어옴은 눈멂을 선택한 자만이 볼 수 있는 것이다. 그 사정은 이렇다: 황금의 모래들은 태양빛의 은유이다. 햇빛이 왜 황금의 모래인가? 눈부신 햇빛을 우리는 볼 수 없기 때문이다. 그것을 꿰뚫고 볼 때 우리는 눈먼다. 그것은 모래가 눈 안에 가득 들어간 것과 같다. 이 은유는 태양―눈부심, 모래―눈멀게 함의 이중의 제유가 포개져서 태어난 은유이다(그대로 뮤우 그룹의 주장을 뒷받침한다). 그러나 이 작업까지는 아무것도 만들어낼 수 없다. 눈멂을 선택하는 것, 다시 말해 눈을 들어 태양을 응시한다 해도, 그의 눈에서 태어나는 것은 아득한 거품들일 뿐이다. 나는 아직 너에 대한 "목마름 〔……〕/수평선 저 너머 하얀 포말을/겨냥하는 하염없는 백사장 같은"(p. 43) 언어만을 토한다. 하지만, 동시에 또 하나의 포개짐이 있다. 태양의 누런 색과 모래의 같은 색깔의 포개짐 말이다. 그런데, 대낮의 태양 색은 그냥 눈부심일 뿐이다. 태양 색이 누렇다고 누가 말했는가? 누가 그것을 보았는가? 사람들은 그것을 여명과 노을에서만 볼 수 있다. 다시 말해, 대낮의 추억이자 예감으로만 볼 수 있다. 그리고, 그러자, 모래의 누런 색은 현실의 까슬까슬한 성질을 벗고 어떤 빛나는 비존재의 암시로 기능한다. 황금빛의 인간학적 속성이 그 암시를 증폭시킨다. 정말, 눈부신 곳으로 눈동자를 응시하니까 눈자위를 아득히, 따갑게 찌르면서 일어나는 거품들이 살아 있는 실체로 변모하여 걸어오는 것이다. 위에서 아래로, 그러나, 아주 현실적으로. 2층의 층계참으로부터.

시의 언어는, 그러니까, 패인 눈동자는 햇빛을 그 패인 자리에 심고, 그 햇빛으로 이 죽음의 세상을 "무대

위의 조명처럼 비춘다"(p. 44). 햇빛이란 내 눈을 멀게
한 이별 순간의 충격에 다름아니다. 언어는 이별의 충격
을 그 자체로서 만남의 충격으로 바꾼다. 언어는, 그러
니까, 햇빛을 바람나게 하는 것, 그래서, 햇빛을 예기치
않게, 정반대로 움직이게 하는 것, 다시 말해 '바람'이
다.

> 숨 멈추고 앉아 있는 수많은 잎들이
> 햇볕에 제 살을 태우며 눈을 감고 있지만
> 바람이 네 안으로 걸어 들어가면
> 화려한 날개를 펼치는 공작새처럼
> 잎들을 부르르 털며 폭죽을 터뜨린다. (p. 46)

　그 바람은 작열하는 태양, 다시 말해, 제 본성을 그대
로 되풀이하고 있다는 의미에서의 죽은 태양을 산 태양
으로 만든다. 그러니, 그 언어의 작업이 얼마나 유혹적
이겠는가? 그 충격의 유혹을 시인은 결코 견딜 수 없다.

> 눈의 심장을 찌른 햇빛이
> 날을 번뜩이며 공기를 공격하고
> 부드럽게 베인
> 공기의 겉살 아래 처음으로
> 드러나는 공기의 속살
> 그 누구의 영혼도
> 그 냄새의 유혹을 견딜 수 없다. (p. 45)

견딜 수 없다. 그 견딜 수 없음이 그를

먼지 나는 여름 신작로 위에 죽어가는 개망초꽃——
오래 된 사진처럼 언젠가 그의 일생 딱 한 번 그 신작로를
지나갔었네
안개 같은 먼지 속에 짧은 순간 그녀 일생 전체가 부르르
흔들렸었네 (p.41)

의 오래 된 사진 속에서 일생 전체를 흔들었던 "짧은 순간"을 못 잊게 한다. 오래 된 사진의 의미는 사진의 퇴색 속에 있는 것이 아니라, 그 퇴색에 저항하면서 기어코 그 짧은 순간으로 회귀하려는 몸부림에 있다. 그러나, 그 순간은 짧은 순간이다. 그것은 휘발하고 말며, 그 다음은 지속적인 퇴색과 시듦이다. 이미 우리는 앞에서 그 순간이 유발하는 욕망에 대해 말했었다. 허망 추구의 욕망 말이다. 그 욕망에 저항하려면, 그 순간에 완강히 머물러야 한다. 어떤 대가도 바라지 않고, 그것을 되풀이해야 한다. 그러나, 그것은 불모의 사랑이다. 그것은 내 몸을 잘라내어 새로운 것을 만들어내려는 단성생식의 꿈이며, 지속을 거부하는 순간의 사랑이다. 너에게 되돌려주려 했던 시간성은 결코 부활하지 못한다.
그때부터 시인은 산을 오른다.

길이 산으로 흐르면 점점 깊어져 그 끝을 알 수 없고 철로가 산으로 흐르면 총탄에 맞은 것처럼 큰 구멍이 뚫리면서 꼬치 같은 기차에 꿰어져 산은 송두리째 태양의 화덕에 익으

며 검은 석탄 같은 피를 쏟아낸다. 그러나 꽃들은 빨갛게 노랗게 부풀어오른 작은 火傷에 불과할 뿐 산은 더 이상 익혀지지 않는다.

바람은 공간의 흐름이지만 산은 시간의 흐름. 산은 제 몸을 잘게 부수고 해체하며 바다로 달려간다. 산의 열정과 바다의 정열이 맞부딪치는 그곳, 숨막히는 파도 들끓는 절벽 흰 모래알의 침묵들 (p. 68)

왜 산인가? "바람은 공간의 흐름이지만 산은 시간의 흐름"이라는 말에 그 까닭이 압축되어 있다. 바람의 놀이는 위 시구의 철로의 작업과 같다. 그것은 "점점 깊어져 그 끝을 알 수 없는"(길의 흐름) 산에 큰 구멍을 뚫고 태양의 화덕에 산을 익히고 검은 석탄 쏟아내게 한다. 그러나, 화상을 입는 것은 "빨갛게 노랗게 부풀어오른" 꽃들뿐이다. "산은 더 익혀지지 않는다." 이 바람내는 작업은 핵심에 접근하지 못한다. 산을 무너뜨리기 위해서는 산이 제 스스로 "제 몸을 잘게 부수고 해체하며 바다로 달려"가는 세월을 기다려야 한다. 다시 말해, 현실의 시간성을 다시 타야만 한다. 그것이 산 오르기이다.

그 산 오르기는, 그러니까, 현실과의 새로운 타협이다. 그것은 죽음 저 너머로 가려는 본래의 의지를 포기하는 것인가? 아니다. 그것은 "쏟아질 듯한 미끈미끈한 시간"(p. 70)을 타오르는 것, 다시 말해, 현실의 시간성과 배를 밀착하고 "비의 밧줄"로 "친친 동여매고/끌어당

겼다 늦췄다/늦췄다 끌어당"(p. 56)기는 것이다. 비의 밧
줄이란 애초에 불가능한 밧줄이다. 그러나, 시인은 '산
을 휘감는 비'로 밧줄을 만든다. 다시 말해, 죽음 너머
로의 의지, 즉 네 생으로 세상을 휘감으며 세상을 타는
밧줄을 만든다. 그 밧줄타기는 등반가의 밧줄, 곡예사의
밧줄이 그러하듯이, 아슬아슬한 죽음타기의 놀이, 죽음
으로 삶타는, 혹은 삶으로 죽음타는 놀이이다. 그러기
위해서 너의 죽음은 마침내 무덤 밖으로 꺼내지지 않을
수 없다.

　　　내 말에
　　　도굴된
　　　너의
　　　시체. (p. 93)

　　그래야 죽음이 비로소 삶과 대면할 수 있기 때문이
다. 그래야만 그 대면이 일회적이고 은밀한 사건이 아니
라 지속적이고 현실화된 싸움이 될 수 있기 때문이다.
그럼으로써, "너의 몸과 너의 삶이 선명한 푸른색으로
남아 있던 그 자리"를

　　　내 몸과 네 삶이 뿌옇게 섞이고 있는 거기 그 자리
　　　서리 낀 창의 잘 보이지 않는 저쪽처럼
　　　삶과 삶이 섞이는 답답하고 느린
　　　끝없이 유예되는 그 자리, 격렬하고 불투명한 그 삶.
　　(pp. 84~85)

으로 만드는 것이다. 답답하고 느린, 그러나, 끈질긴 격렬함을 담은 죽음의 삶이 그렇게 해서 전개되는 것이고 시집을 완성하는 것이다. 죽음을 더욱 죽음답게 하는 것, 그럼으로써 삶을 회피하지 않고 삶의 시간성 내내 그것과 대결하는 것, 여기에서 우리는 채호기 시의 또 하나의 층을 발견한다. 위 세 층의 이별, 만남의 항목을 죽음·삶의 항목으로 대치하면서, 새로운 형식이 그 위에 쌓인다.

죽음(/삶) —— 그리고 —— 죽음(/삶) → 시간의 지속(잇기): 역-긍정(부정의 긍정, 긍정과의 싸움)

죽음 이후의 네 생에는 네 개의 생이 포개져 있는 것이다. 이 네번째 층에서는 항목의 교체가 없다. 죽음이 삶으로 바뀌지 않는다는 것이다. 변신을 꿈꾸지 않기 때문이다. 다시 말해 세상 너머로 가고자 하는 마지막 욕망을 거두었기 때문이다. 그러나, 그 거둠을 통해, 이 네번째 층은 현실의 시간적이고 공간적인 넓이·길이와 똑같은 크기를 가진 유희의 시공간을 만들어낸다. 그것은 죽음타기의 유희를 더 이상 은밀하고 일회적인 사건이 아니라 공개적이고 끈질긴, "격렬하고 불투명한" 삶으로 만든다. 보라,

부풀어오른
유리잔처럼 매끄러운 가슴에

커피향의 젖꼭지가 돋아난다.
부숭한 털을 깎아내고
잘 구운 빵에다
우유빛 크림을 바르고
얇게 초콜릿을 덮는다.
너의 맛있는 살갗처럼. (p. 87)

   그 공개적이고 끈질긴 싸움이 나아간 어느 지점에 동성애가 있다. 이 시집의 동성애는, 타고난 것도, 도착적인 것도 아니다. 아니, 그것은 언제나 생산(그것이 종족이든 쾌락이든)을 꿈꾸는 현실적 사랑에 대한 가장 공개적인 저항이라는 의미에서 도착적이다. 그것은 불모성 위에 생산성을 가장시킨다. 죽음 위에 현실의 유혹적인 의상을 입히고 현실을 모의한다. 그러나 그 모의는 '연기'(변신에 대한 욕망)가 아니다. 그것은 그 현실에 먹히는 모습 그대로를 살아내는 모의이다. 그것은 나에게 "속입술을 깨물며/울음을 깨"(p. 88)물게 한다. 그러나 그 속입술을 깨물면서 그가 "브래지어가 익은 가슴을 감싸고/그 위에 미색 스웨터./진회색 스커트"를 입고, 마침내 속삭임 같은 바람이/귀에 불어오면/율동감 있게 출렁이는 수양버들/늘어진" 머리카락까지 날리게 되면, 그때,

무덤을 열고
네가 나온다.
네 무덤 있던 자리에 ——무덤 없고

가득차 흘러내리는 햇빛에
반짝이며 굴러가는 물방울들.
그 아래 깔깔대는 자갈들.
너의 주검이
일어서 걸어온다――주검 없고
새소리처럼 솟구치는 높은 음의
부산한 너의 뾰족구두 소리. (p. 90)

가 생의 울림으로 울린다. "추억의 네가 아닌/바로 지금! 네가/삶의 싱싱함으로 살아온다."

　동성애는 무염수태의 욕망이다. 그와 마찬가지로, 채호기의 시집은 죽음을 그 자체로서 삶 속에 현전시키고 삶과 함께 살아가게 하려고 한다. 그렇게 해서 죽음을 살린다. 결코 삶으로 환원되지 않는 죽음을. 그런 의미에서 "죽음을 아는 자는 순결하다." 그는 생산의 욕망을, 다시 말해, 이질적인 것들의 뒤섞음을 통해 새로운 무엇을 '창조'해내려는 욕망을 거부하기 때문이다. 그것은 불모성으로 생산성을, 죽음이라는 컴컴한 덩어리로 삶의 대낮 같은 밝음을 가장하고 대면한다. 가장 끈질긴 죽음타기, 삶과 싸우는 죽음의 삶을 위해. 거기에 죽음 이후의 네번째, 다시 말해, 마지막 생이 놓인다. 물론, 시집의 감동은 그 마지막 죽음─삶만으로부터 오지 않는다. 그것은 죽음 이후의 네 생의 네 층위의 공간적인 포갬과 시간적인 이음의 복합성으로부터 온다. ▨